AF476804

LE

DUC DE LÉVIS

PARIS. — IMPRIMERIE DE DUBUISSON ET Cie, 5, RUE COQ-HÉRON.

LE

DUC DE LÉVIS

PARIS

AUX BUREAUX DU JOURNAL L'UNION

ET CHEZ TOUS LES LIBRAIRES

—

1863

UN FRANC

AU PROFIT D'UNE PAUVRE ÉGLISE DE CAMPAGNE.

LE

DUC DE LÉVIS

« Il y a quelque chose de plus fort que l'intérêt, c'est le dévouement. » Pensée de philosophe, digne d'être ici rappelée, et d'autant plus que celui qui l'a écrite est le père de celui qui l'a le mieux vérifiée par sa noble vie (1).

M. le duc de Lévis, à qui nous consacrons avec émotion un dernier hommage, a montré en effet que la grande force de l'homme est celle du dévouement; c'est par l'abnégation qu'éclate l'énergie de l'âme; le sacrifice est l'inspiration

(1) *Maximes, Préceptes et Réflexions*, par M. le duc de Lévis, de l'Académie française, 5e édition, 1825.

des vertus, et c'est à cette force que M. le duc de Lévis aura dû son titre principal à la gratitude et à la renommée.

Gaston-François-Christophe de Lévis était d'une grande race militaire; le nom du maréchal de Mirepoix, son grand-oncle, et celui du chevalier de Lévis, son grand-père, devenu à son tour maréchal de France avec le titre de duc, resplendissent dans les combats mêlés de gloire et de revers du règne de Louis XV : on ne saurait oublier, en France, que ces deux vaillants hommes d'épée, l'un général, l'autre aide-de-camp, surpris dans le comté de Nice par deux bataillons ennemis, les arrêtèrent et les firent prisonniers par une parole : « Bas les armes! vous êtes cernés. »

Le père de Gaston de Lévis ne put pas suivre jusqu'au bout la même fortune; la révolution avait changé la destinée des vieilles races; à défaut des armes, les lettres ornèrent sa vie, deux gloires également chères à la France.

Il était capitaine des gardes de M. le comte de Provence (plus tard Louis XVIII), lorsqu'éclata la Révolution française. Si la Révolution n'avait été qu'une réforme, il eût pu la seconder par le conseil et par l'épée; dès qu'elle devint une proscription, il quitta la France, comme bien d'autres, et il se réfugia en Angleterre avec sa femme, Françoise de Paule d'Ennery. C'est là que naquit Gaston, son fils, en avril 1794. — Peu après, il prenait part à l'expédition funeste de Quiberon; blessé dangereusement, on put le remporter sur la flotte, enveloppé dans un drapeau, et ainsi échappa-t-il à l'exécution sanglante où allait périr la fleur des vieilles armées.

Il rentra de très bonne heure en France; une ancienne intimité de sa femme avec Joséphine, femme du premier consul, put faciliter sa radiation de la liste fatale des émigrés; il profita d'une justice, il n'eût pas accepté une faveur.

Dès ses premières années, un groupe de société cultivée s'était formé à Paris dans le silence, vieux reste de la grande société française que la hache avait abattue, et que les exils avaient dispersée; choix heureux d'hommes et de femmes, les uns célèbres, les autres appelés à le devenir, tous s'abritant en eux-mêmes contre la fortune nouvelle; Mme de Vintimille et Mme de Beaumont, M. Molé et M. de Chateaubriand, M. de Lévis et M. Joubert, celui-ci le plus modeste, mais le plus écouté de tous, ami délicat, conseiller poli, qui, en quelques pages écrites comme à la dérobée, devait révéler à la postérité le charme de ses affections, consolation de tant de choses évanouies.

C'est dans ce monde survivant que se forma l'adolescence de Gaston de Lévis, et toute sa vie resta comme empreinte de ce souvenir. L'Empire courait à grand bruit à sa destinée; le jeune âge de Gaston le déroba au devoir de prendre part aux luttes militaires par où devait s'éteindre cet éclat de gloire.

Et ainsi arriva-t-il à vingt ans, à l'époque de la Restauration.

Tout est dit sur cette date de 1814, objet de tant de faux jugements pour les sophistes de l'histoire. A part les changements qu'amenait la réduction naturelle des armées et aussi la nécessité de réparer de grandes adversités, on ne vit point alors de ces réactions qui marchent d'ordinaire à la suite des renouvellements d'empire. Le roi de France revenait avec le grand prestige de ses huit siècles d'histoire et avec l'expérience qu'un grand esprit puise à l'étude des révolutions. Tout sembla rester à la même place, si ce n'est qu'à un système de pouvoir excessif succédait un système de liberté imprévue. Les générations présentes ne veulent pas savoir ce qu'il y eut alors d'effusion de joie dans toutes les âmes et dans tous les rangs; le raconter, après que tant de passions se sont allumées, serait paraître imaginer des fictions et publier des rêveries. La postérité sera moins sceptique; elle aura eu le temps de savoir comment se font ces retours d'équité et d'espérance, après qu'un peuple a épuisé son courage à passer par tous les degrés du malheur.

Enfin ce fut alors que Gaston de Lévis entra dans une vie nouvelle.

Dès la première explosion des événements de Bordeaux, on l'avait vu accourir avec quelques jeunes hommes pour se mettre à la disposition de M. le duc d'Angoulême, qui, se fiant aux souvenirs de la France, avait osé relever son drapeau, et le tenait ferme en dépit des Anglais, sous la seule protection de la ville ardente du

12 mars. Mis sous la conduite du général, vicomte (depuis duc) Des Cars, il fut dès lors engagé dans la vie militaire. Garde-du-corps surnuméraire dans la compagnie de Gramont (juillet 1814), il fut employé comme capitaine par le lieutenant-général comte Dessoles (novembre 1814), et lorsque arrivèrent les Cent-Jours, vrai point de départ des grandes scissions qui allaient pour longtemps dévaster la France nouvelle, il courut, en qualité d'aide-de-camp du général Des Cars, prendre part à la vaillante lutte du duc d'Angoulême et de quelques troupes fidèles, grossies de volontaires royaux, dans le Dauphiné.

Ce rapide épisode ne veut être ici noté qu'en peu de mots.

Tout se réduisit, on le sait, à deux brillantes rencontres à Montélimart et au pont de la Drôme, où le 10e de ligne, fidèle au serment, seconda le calme et ferme courage du prince; le vicomte Des Cars eut un cheval tué sous lui, et Gaston de Lévis montra par son intrépidité ce qu'aurait pu son épée en des luttes moins déplorées par la France. Mais la défection se précipitait. Une capitulation fut proposée par le général Gilly; acceptée par le prince, elle ne fut pas d'abord ratifiée, et le duc d'Angoulême fut gardé quelques jours prisonnier avec le général Des Cars, le baron de Damas, le duc de Guiche, M. de Giresse, secrétaire du prince, et Gaston de Lévis, celui-ci le plus jeune, mais non pas le moins fort contre la disgrâce. C'est alors que le duc d'Angoulême écrivit à son père, MONSIEUR, comte d'Artois, cette lettre digne de l'histoire : « Me voici résigné à tout, et bien occupé de ceux qui me sont chers. Je demande et j'exige même que le Roi ne cède sur rien pour me délivrer. Je ne crains ni la mort ni la prison, et tout ce que Dieu m'enverra sera bien reçu. »

Temps lamentables ! où de tels caractères ne se révèlent que comme un contraste avec l'emportement des passions qui assurent le mieux la réussite des aventures !

Trois mois après, toutefois, la fortune changeait encore, et Napoléon tombait de nouveau sous les armes de l'Europe, mais, cette fois, pour laisser après lui une longue traînée de haines et de discordes. La victoire voulut être plus qu'une menace ; elle fut une insulte. L'Europe osa parler de mettre la France en lambeaux ; Louis XVIII, sans armes, défendit par la seule majesté de sa race l'unité nationale que ses ancêtres avaient fondée par leur génie.

Mais un esprit nouveau de révolution avait commencé à gronder ; ce fut l'occasion d'un autre épisode qui mérite aussi d'être mentionné. Le général espagnol Castaños s'était fait un prétexte des agitations qui tourmentaient le midi de la France pour franchir la frontière au mois de septembre, menaçant d'occuper le Roussillon et le Languedoc. A cette nouvelle, le duc d'Angoulême, présent à Bordeaux, prend sur lui une décision soudaine de défense. Le général Des Cars et Gaston de Lévis sont encore sous sa main; il les envoie au général Castaños, pour arrêter sa marche au nom du Roi, prêt à les suivre pour l'attaquer par les armes avec ce qu'ils lui auront trouvé de soldats; en même temps, il leur donne l'ordre d'interroger dans la route les régiments de l'armée de la Loire, cantonnés çà et là dans les villes du Midi, et de demander aux généraux s'ils sont disposés à marcher avec lui pour combattre et refouler les Espagnols par delà les Pyrénées. A cette offre, tous les cœurs frémissent; officiers et soldats poussent une longue acclamation; l'armée se croit déjà assurée de venger de récents affronts, et, sur la parole des généraux, les deux envoyés du prince courent à Castaños, lui annonçant dans trois jours l'attaque des vaincus de la Loire. La menace fut suffisante : Castaños rentra en Espagne; et du moins on vit combien aisément, même sous l'émotion des discordes, s'allume la sympathie des âmes militaires, lorsque résonnent les noms d'honneur et de patrie.

Après ces secousses de 1815, l'ordre se refait, et la France semble se façonner à la pratique de la liberté, si ce n'est que les partis font de la liberté une révolte. Le jeune Gaston de Lévis ne paraît point alors dans la politique; il suit en paix la carrière des armes. Il est devenu aide-de-camp de M. le duc d'Angoulême avec le grade de chef d'escadron, et sa vie s'écoule, à ce grand exemple, à l'étude des choses militaires. Bientôt il aspire à se mêler à la vie pratique des régiments, école nécessaire au commandement comme à l'obéissance; tour à tour chef d'escadron aux hussards de la Moselle, et chef de bataillon au 1er régiment de ligne, il passe, le 17 avril 1822, au 2e régiment de la garde royale, avec son grade de chef de bataillon, et c'est avec ce grade qu'il fait brillamment la campagne d'Espagne en 1823, pour reprendre ensuite son service auprès du prince avec le grade de lieutenant-colonel.

Mais un événement heureux était venu changer la monotonie de sa vie militaire, je parle de son mariage en 1821, avec Mlle Marie-Amanda D'Aubusson de La Feuillade, arrière-petite-fille du maréchal de La Feuillade sous Louis XIV, personne accomplie, également faite pour orner les cours et pour orner les exils; d'autres l'auront vue charmer la bonne fortune, et nous la verrons charmer l'adversité; double secret de séduction en cette nature brillante, où se mêlaient les grâces et les vertus, les qualités élégantes et les mérites sérieux.

Peu après, le roi Louis XVIII faisait revivre le duché de Ventadour, qui avait appartenu à la branche aînée de Lévis, pour le déférer à Gaston de Lévis; et c'est avec ce titre, sous le Roi nouveau Charles X, de douce et gracieuse mémoire, qu'il fut nommé colonel du 54e régiment de ligne, en 1827.

C'était peu avant les apprêts de l'expédition de Morée; ce régiment étant destiné à l'expédition, on allait voir ce qu'il y avait d'instruction militaire, d'intelligence et de bravoure dans celui qui était mis à sa tête. Et ici je ne saurais mieux faire que de citer le témoignage d'un ancien officier supérieur de ce régiment, devenu depuis général. Dans un écrit dont la confidence nous est sacrée, après avoir exprimé le regret de la mort de son ancien colonel, le général se plaît à rappeler ses titres à l'affection et au respect des officiers et des soldats; il loue à la fois sa fermeté et sa bonté, son intrépidité et sa modestie; et ayant dit la conduite du régiment devant le château de Morée, seul exploit de la guerre, il dit la vie intime du colonel au bivouac et sous la tente en termes qui rappellent sa vie entière, telle que nous l'avons connue et admirée dans une condition toute différente.

Voici donc quelques-unes des paroles du général :

« Après le siége du château de Morée, nous revînmes à Patras, où le régiment s'établit. Tous les officiers supérieurs, y compris le colonel, occupaient une même maison, la seule de la ville turque (*L'Acrò-Patras*) qui fût à peu près close et couverte; toute la ville grecque n'avait plus pierre sur pierre.

» Nous y vivions donc en commun; nous mangions ensemble, le colonel de Ventadour, le lieutenant-colonel de Ségur, le commandant Marty du 2e bataillon et moi, ayant pour commensal et pour chef de gamelle notre aumônier, le digne et bon abbé Borrel, qui, au bout de quelques jours, nous quitta pour aller s'enfermer dans l'hôpital, ayant appris que le typhus, et même un peu de peste s'y étaient déclarés.

» Cette communauté d'existence, au bivouac et sous la tente, dans une même maison, nous mit à même de connaître à fond notre nouveau colonel, ou d'apprécier ses rares qualités, son esprit de justice, sa bienveillance et sa fermeté dans le service, qu'il savait tempérer par l'amabilité de son caractère. Sous une apparence assez froide, le colonel Ventadour possédait un fond de gaieté véritable et assez expansive. Très accessible, très affable pour les officiers et pour les soldats, on l'aimait déjà dans le régiment, et s'il y fût resté plus longtemps, il y eût été chéri. »

Et le brave général ajoute plus bas :

« Au point de vue militaire, je ne puis rien dire du colonel, tant a été peu fertile en opérations notre courte expédition de Morée. Mais il était bien facile de conjecturer, pour ceux qui vivaient dans son intimité, et qui avaient pu apprécier son instruction générale et militaire étendue, son esprit d'ordre, sa pénétration, son sang-froid et sa bravoure, que dans toute autre campagne, ou dans une garnison, M. de Ventadour eût été un colonel des plus distingués. »

Tel est le témoignage d'un vieux frère d'armes, excellent juge du mérite et de la valeur.

Rentré à Paris pour reprendre son service auprès de M. le Dauphin, il perdit son père et succéda au titre de duc de Lévis. C'était le temps où grondaient les orages ; tout était plein de pressentiments. Le Dauphin, on le sait, opposait à la passion grandissante des partis la modération calme des idées et des conseils ; mais rien ne tempérait l'emportement des opinions ; rien n'apaisait surtout la frénésie secrète des mauvais desseins. Encore faut-il aujourd'hui ne pas perdre le souvenir des sages paroles que la France pouvait entendre, si elles n'eussent pas expiré dans le tumulte des séditions.

Aux dernières élections de 1830, M. le duc de Lévis avait été chargé de présider le collége départemental de Seine-et-Marne, et voici comment il parla aux électeurs :

« L'extrême importance des fonctions que vous allez remplir vous est connue. Dans tous les temps, le choix des citoyens appelés à concourir à la formation des lois, à veiller aux intérêts généraux du royaume, aux intérêts particuliers du pays, doit exciter notre attention la plus sérieuse. Mais dans les circonstances où la France est placée, et lorsque le Roi lui-même a cru devoir faire entendre son auguste voix à ses peuples, il n'est personne qui ne doive redoubler de zèle pour répondre dignement à l'appel du père de la patrie.

» Vous le savez, messieurs, la France, après de longues années de despotisme et d'anarchie, jouit enfin, sous le sceptre de ses rois, de cette liberté qu'elle avait vainement cherchée sous diverses formes de gouvernement, et l'expérience a prouvé que la légitimité pouvait seule fonder et maintenir parmi nous ces institutions libérales auxquelles la France doit le haut degré de prospérité où elle est parvenue. Aux bienfaits de la paix, nos braves soldats, nos marins viennent d'ajouter les lauriers de la victoire, et ces triomphes nouveaux viennent encore une fois d'apprendre à la France qu'elle peut se reposer sur son Roi du soin de sa gloire comme de son bonheur. »

Tel était le langage du duc de Lévis au moment où frémissaient les factions avec le plus de colère ; c'était le 20 juillet, et quelques jours après s'cuvrait une lutte sanglante, au milieu de laquelle s'écroulait le trône avec ses institutions libérales, autour dequelles, en des temps moins passionnés, se seraient groupés tous les intérêts et tous les courages.

Alors recommencèrent les exils lointains, et aussi les discordes intérieures. M. le duc de Lévis rentra dans la vie privée, et le duc de Bordeaux, dont il devait plus tard être le conseil, s'en alla faire loin de la patrie le rude apprentissage de la vie, aux exemples de deux royautés frappées par le même coup de foudre, et si dignes d'une fortune meilleure.

Qu'il serait beau de dire ici quelle fut l'éducation de ce prince, et sous quels conseils et sous quelles leçons se forma cette intelligence douée de tous les dons du ciel ! Mais il faut se hâter. Le duc de Bordeaux était de bonne heure devenu un homme ; la grande œuvre de l'éducation étant achevée, M. le Dauphin appela son ancien aide-de-camp, le duc de Lévis, et il lui demanda de devenir le gouverneur du jeune prince. C'était en 1838. Le duc de Lévis, avec ce rare bon sens qu'il portait dans toutes les affaires, répondit qu'il n'acceptait pas d'être le gouverneur d'un prince qui allait avoir dix-huit ans. Le prince, disait-il, devait, dès ce moment, être son propre gouverneur; il pourrait avoir besoin d'être conseillé, et s'il lui faisait l'honneur de vouloir de ses conseils, il se permettrait de les lui donner; c'est à ce titre seul qu'il consentait à être mis auprès de lui. Admirable réponse, qui, témoignant de la confiance dans la sagesse du jeune prince, l'obligeait d'avance à jouir de la liberté de ses actes avec plus de prudence et de retenue. Ce fut l'origine et peut-être la raison secrète des rapports intimes qui allaient lier ces deux existences l'une à l'autre.

A partir de ce moment, il n'y a plus, à proprement parler, dans la vie du duc de Lévis, qu'un acte unique, c'est un acte continu d'abnégation et de sacrifice.

N'est-ce pas le lieu d'ajouter que le duc de Lévis n'allait en cela que suivre un exemple cher à sa tendresse? Dès 1834, en effet, sa sœur Augustine-Charlotte de Lévis, marquise de Nicolaï, avait été appelée par le roi Charles X à achever l'éducation de MADEMOISELLE, cette fille des rois, qui devait plus tard étonner l'Europe par l'éclat de son intelligence et de son courage. Touchante émulation du frère et de la sœur! Plus touchante destinée de cet autre frère et de cette autre sœur, formés de la sorte à des vertus qui les rendraient dignes de leur race en les rendant plus forts et plus grands que tous ses malheurs !

Et en ce qui regarde le duc de Lévis, pour savoir le prix de son dévouement, il faut songer à son penchant singulier pour la retraite et pour les goûts calmes de la vie. Désormais, la jouissance de lui-même lui est interdite ; à la solitude qu'il aime va succéder un mouvement de vie extérieure, avec une agitation sans trêve et des devoirs chaque jour nouveaux. Et néanmoins tout sera si naturel et si simple en cette vie agitée, que nul n'y soupçonnera jamais un effort. Nous l'avons vu dans ces soins si variés, parfois si grands, parfois si minutieux, garder toujours la même sérénité, égalant toutes les affaires par l'intelligence, ferme dans le conseil, inflexible dans la décision, prudent envers les difficultés, discret envers les hommes, fidèle aux amitiés, indulgent aux contradictions, charmant les unes et les autres par la droiture, désarmant le mécontentement par la bienveillance, l'irritation par le bon sens, et ayant mérité ce rare éloge d'un dissident politique, que si une plainte avait dû être portée contre lui, c'est à lui-même qu'elle aurait dû être adressée pour arriver à M. le comte de Chambord.

C'est ici le caractère principal de ce conseiller homme de bien, et c'est par là qu'il aura merveilleusement répondu à la confiance de Celui qu'il était appelé à représenter devant toutes situations et devant toutes les opinions de l'Europe et du monde.

Nous avons vu dans nos jours, si mêlés de fortunes contraires, des catastrophes inconnues des âges passés, et surtout cette catastrophe d'une royauté enracinée dans les mœurs et dans la vie même de la plus grande nation de la terre, obligée de quitter une patrie qu'elle avait dotée de ses bienfaits, et s'en allant demander à l'hospitalité étrangère un abri pour son nom et pour sa gloire. Et en cette nouveauté de destinée, quelle nouveauté de vertus ! Il est pour les exils des devoirs que ne soupçonne pas d'ordinaire la prospérité, et le plus beau de tous, celui de porter le malheur, je ne dis pas avec courage, mais avec fierté, et de relever l'homme en raison de l'adversité qui le précipite : tel sera dans l'histoire le caractère de M. le comte de Chambord, prince admirable par la grandeur de l'esprit et du cœur, et que la Providence semble avoir voulu faire égal à toutes fortunes.

Et ajoutons que tel aussi sera l'honneur du duc de Lévis, d'avoir répondu à ce caractère de prince par l'intelligence et la pratique de toutes les choses qui appellent le respect des hommes, même quand elles ne désarment pas leurs antipathies.

Et ici, que de récits il me faudrait pour donner une juste idée de l'action continue du duc de Lévis, sinon sur les événements contemporains, au moins sur les opinions qui semblent y avoir eu le plus de part !

Que tout se borne à de rapides généralités.

La principale raison des faux jugements portés sur la royauté antique a été longtemps qu'elle semblait être en dehors d'une société transformée ; de là des scissions calamiteuses, qui avaient affaibli et paralysé la défense commune et avaient ouvert une route aux révolutions au travers des forces de la société, divisées et parfois ennemies. M. le duc de Lévis fut des plus prompts à déplorer ces ruptures et à leur opposer un large effort d'apaisement. Mais, dans ce travail d'honnêteté, tout sembla devenir obstacle, non-seulement la variété des idées, mais surtout la contradiction des souvenirs. C'était peu que les hommes eussent des vues distinctes ou des vœux contraires d'ambition ; ce qui était fatal, c'est que les plus droits manquassent de courage pour effacer la trace des scissions passées ; et ainsi, comme il arrive, la rancune prévalait sur l'intelligence, et l'amour-propre sur l'utilité.

M. le duc de Lévis, en ceci comme en tout le reste, garda sa droiture accoutumée, poursuivant le bien, écartant la passion, ménageant les défiances, les désarmant par la loyauté, faisant tomber en un mot tout ce qui semblait un obstacle au rapprochement des gens de bien. Et parfois il arriva que des amis impétueux s'étonnèrent de ce tempérament de politique ; leurs vœux étaient plus ardents, ils croyaient leurs conseils meilleurs ; et pourquoi ne pas dire que quelques-uns l'accusèrent de nuire ainsi au prince qu'il croyait servir? L'un d'eux, dont le nom réveille de chevaleresques souvenirs, s'était rendu à Froshdorff, et il s'enquérait de M. le duc de Lévis, du moment où il aurait l'honneur d'être reçu par le Prince : « Cela ne tardera point, lui disait M. de Lévis ; vous serez averti. — Je vous préviens, répondit le visiteur, que je viens dire beaucoup de mal de vous. — En ce cas, reprit le duc, veuillez me suivre, je vais vous présenter tout de suite.

Et c'est ici tout l'homme, mais c'est aussi tout le prince.

Il y avait en ces deux natures très différentes, l'une plus sympathique, l'autre plus contenue, de tels liens de devoir, de confiance et d'affection, que l'une n'aurait pu être blessée sans que l'autre le fût à la fois. Chacun sentait ce qu'il y avait de profond en cette communauté de pensée ; de là la foi dans la parole du duc de Lévis ; on y croyait comme à la parole du Prince. C'est pourquoi, lorsque le duc de Lévis s'en venait passer quelques mois en France, il était pour tous comme une image du prince absent ; et, certes, il n'apparaissait pas comme un envoyé qui vient remuer des chimères, mais comme un ami de l'exilé qui vient demander des souvenirs à la patrie. Et aussi que la justice soit ici un devoir ! jamais nulle défiance ne troubla ses courses ; on eût dit quelque chose de sacré en ces pèlerinages, devant qui s'évanouissaient les soupçons pour ne laisser de place qu'au respect.

C'est dans un de ces retours de l'exil que M. le duc de Lévis perdit à Paris, en 1854, la duchesse sa femme ; il perdait tout le charme de sa vie ; et quel vide aussi ce fut dans ce palais de Frohsdorff qu'elle ornait par ses vertus et sa bonne grâce ! Le duc solitaire, sans enfants, mais entouré de tendres affections, chercha surtout sa force dans la religion, cet abri toujours ouvert à ceux qui souffrent, et bientôt il reprit son œuvre de dévouement, cette œuvre unique, qui doit à jamais suffire à sa renommée.

Un respect nouveau sembla devenir alors le prix de son zèle. A mesure que l'on connut mieux cette nature qui à force d'être correcte pouvait sembler un peu froide, à mesure que l'on sut mieux ce qu'il y avait de sérieux en cette intelligence, de médité en ses conseils, de délicat en ses amitiés, et, j'ai le droit de le dire, de fidèle en ses affections, il se fit un jugement d'estime et d'honneur, hommage général auquel s'associèrent les hommes considérables des opinions opposées, et surtout ceux qui avaient passé avec le plus d'éclat par les affaires et savaient mieux le prix de la modération, de l'honnêteté et de l'expérience.

Mais au-dessus de tous ces témoignages, quel témoignage que l'amitié de M. le comte de Chambord ! Ici, je ne saurais tout dire, et chacun sait d'ailleurs quelle a été la constance, ou mieux la tendresse de cette affection. Des milliers de témoins en ont joui comme d'un touchant spectacle, dans ces réunions fortuites formées autour du prince, lorsqu'il lui était donné de s'approcher de la patrie ; et bien que toutes les pensées n'eussent alors qu'un seul objet, on aimait à suivre en sa sollicitude attentive le serviteur qui s'effaçait, et à entourer sa modestie de plus de respect, comme pour entourer le prince de plus d'honneur. C'est ce qu'on a pu voir dans ces grands concours sur la terre étrangère, où le duc de Lévis, laissant au prince toutes les fascinations de sa parole et de sa grâce, gardait pour lui-même les mille soins d'une politesse laborieuse à force d'être délicate.

Alors, qui n'a pu sentir et admirer de près cette communauté de pensée et de travail qui, depuis vingt-cinq ans, était comme le lien de ces deux âmes? Qui n'a été attendri de l'abnégation de l'une, de la confiance de l'autre, de l'harmonie des deux? Certes, on voyait bien où était l'inspiration; mais aussi voyait-on où était le dévouement; et un singulier éloge s'échappait de tous les cœurs, c'est que nulle grande pensée ne sortait de cet accord de méditation, que le duc de Lévis n'en renvoyât tout l'honneur au prince, et que nulle erreur n'eût été commise qu'il ne s'en fût réservé tout le reproche.

Tel a été l'homme modeste que pleure l'exil, et tel est le témoignage que rendent tous les cœurs à cette mémoire.

Et ici je ne sais plus de paroles pour égaler la douleur de cette mort. Aussi bien, voici que nous viennent des récits plus touchants que tous les hommages. Quel spectacle a vu Venise en ces derniers jours! Le duc de Lévis mourant à son poste après une si longue fidélité, et mourant comme mouraient les vieux chrétiens, la croix sur les lèvres et le cœur plein de sérénité et d'espérance ; le comte de Chambord, ce fils des rois, noyé de larmes aux pieds de son serviteur et de son ami, ces princes et ces princesses, restes du sang de Louis XIV, rassemblés autour de son cercueil; loin de la patrie, et puis ces honneurs étrangers, et jusqu'à ces foules inconnues qui se pressent autour de ce deuil étrange, tout cela parle aux âmes françaises bien autrement que nos faibles voix.

Que nous reste-t-il donc sinon de déposer, après tant d'hommages, le plus humble de tous devant cette tombe que Bossuet tout seul eût pu célébrer ! Et pourtant la France ne sera point pour elle sans honneurs. Nous avons vu Paris, en ce qu'il a de plus choisi, de plus cultivé et de plus généreux, venir témoigner en silence de son respect pour cette grande fidélité et cette grande vertu. Magnifique spectacle et digne consolation de tant de souffrances et de tant de deuil ! S'il est vrai, comme dit Tacite, que « les vertus sont plus honorées dans les temps qui les produisent plus aisément, » peut-être est-ce ici un signe fortuné ; et puisque nous savons encore glorifier ce qui est noble et pur, aimons à penser que les temps présents ne sont pas condamnés à être sans vertus. De grands et de saints exemples vivent toujours ; que notre meilleur hommage soit de les imiter ! Ainsi pourrons-nous croire encore et concourir au salut du monde.

LAURENTIE.

APPENDICE

C'est le 9 février, à cinq heures du matin, que M. le duc de Lévis a rendu son âme à Dieu.

Quelques détails sur la fin de cette noble vie doivent être ici recueillis ; quelques-uns ont été publiés; des récits plus intimes nous sont parvenus ; tous seront lus ou relus avec émotion.

Le jour même de sa mort, une dépêche télégraphique transmettait à Paris la fatale nouvelle; et, le lendemain matin, l'*Union* l'annonçait en ces termes :

Une dépêche télégraphique de Venise nous annonce à l'instant une douloureuse nouvelle : M. le duc de Lévis a succombé, ce matin même 9 février, à une congestion cérébrale.

Cette mort inattendue et prématurée ajoute encore aux douleurs de l'exil. On sait quel était l'admirable dévouement de M. le duc de Lévis ; il avait tout abandonné pour attacher sa destinée à l'auguste chef de la maison de Bourbon. Ç'a été l'honneur et la récompense d'une vie d'abnégation que d'expirer dans les bras de Celui à qui il s'était consacré tout entier.

La haute société européenne entourait le duc de Lévis de son estime et de son respect. Nos amis seront, comme nous, vivement attristés de la perte cruelle que sa mort fait subir à notre cause.

L'*Union* rappellera les traits de cette noble carrière vouée à l'honneur, au devoir, à la fidélité. En ce moment, nous ne voulons qu'offrir aux siens, et surtout à Celui qui le pleure, l'hommage de nos plus respectueuses sympathies et de nos plus humbles condoléances.

HENRY DE RIANCEY.

Quelques jours après, l'*Espérance du Peuple*, journal de Nantes, publiait cet extrait d'une lettre qui lui avait été adressée de Venise :

« Venise, lundi 9 février 1863.

» Mon cher ami,

» Vous savez déjà notre malheur par une dépêche de ce matin. J'ai, je vous le jure, le cœur brisé! M. le duc de Lévis a été, jusqu'à son dernier soupir, bon et patient comme nous l'avons connu pendant sa vie. Il est mort sans prononcer une plainte, un regret, avec résignation, saintement.

» La maladie qui l'a emporté est un rhumatisme généralisé avec apoplexie cérébrale.

» Les symptômes ont eu, dès le commencement, un mauvais caractère, et les efforts et le talent des médecins réunis, Carrière, Namias et Milnich, n'ont suffi qu'à reculer d'un jour ou deux cette catastrophe. Elle est horrible, et la consternation est au palais *Cavalli*. Malgré sa douleur, et vous pouvez juger si elle est profonde, vous qui connaissez mieux que personne le cœur si dévoué, si intelligent et si français de l'ami qu'il perd, Monseigneur supportera ce terrible coup avec résignation et courage.... »

BRODU.

En même temps arrivaient de Venise des communications touchantes sur la douleur profonde où cette mort plongeait M. le comte de Chambord.

La première pensée du prince avait été de

demander un service à Paris pour le repos de l'âme de son fidèle serviteur, et ce service devait avoir lieu à l'église de Sainte-Clotilde, paroisse de M. le duc de Lévis. L'*Union* en rendit compte le lendemain dans les termes suivants :

Le service funèbre pour le repos de l'âme de M. le duc de Lévis a été célébré ce matin, à Sainte-Clotilde.

Dès avant midi, une foule émue et recueillie avait envahi la vaste enceinte de l'église et refluait jusque sous le portique. Rarement on avait vu un plus pieux empressement répondre avec plus de respect à la pensée douloureuse qui appelait sur une mémoire aussi honorée l'hommage public des regrets et de la prière.

Les pompes de la mort ont toujours leur austère et touchante majesté ; il semblait qu'elles prissent encore plus de grandeur en entourant le cénotaphe d'un homme dont la vie entière a été une vie de dévouement, d'abnégation, de fidélité, et dont la mort a été la mort d'un humble et vrai chrétien.

C'est une grande leçon et un magnifique exemple que cette affluence énorme de personnes appartenant à tous les rangs et à toutes les opinions, réunies au pied des autels dans un même sentiment, rassemblées à la fois par une commune affliction, par le désir d'implorer ensemble les miséricordes divines, et par la volonté de rendre honneur à la constance des convictions, à l'élévation du caractère, à l'accomplissement du devoir.

Il y avait là, en effet, des hommes placés à tous les degrés de l'échelle sociale ; il y avait des représentants de plusieurs générations ; beaucoup ont passé par le maniement des affaires de leur pays ; d'autres se sont illustrés dans les armes, dans la magistrature, dans les lettres ; un grand nombre vient à peine de franchir les limites de la jeunesse ; plusieurs ont blanchi dans la dignité d'une retraite volontaire ; il en est qui ne partagent pas les mêmes doctrines politiques. Mais tous sont venus protester de leur vénération pour l'unité de cette noble existence, qui n'a connu que le sacrifice, l'honneur et la conscience, tant il est vrai que, dans notre France, au milieu des vicissitudes et des épreuves, il reste une estime universelle et une invincible admiration pour le dévouement et pour la fidélité !

L'église était entièrement tendue de noir, et sur les draperies funéraires apparaissaient les armoiries de l'illustre défunt, souvenir des gloires de notre histoire nationale.

Un cénotaphe s'élevait à l'entrée du chœur, surmonté d'un catafalque avec la couronne ducale et la devise : « *Dieu ayde au second chrétien Levis.* »

L'absoute a été chantée par M. le curé de Sainte-Clotilde. Un grand nombre d'ecclésiastiques occupaient le chœur. Il n'a pas fallu moins d'une heure pour que l'assistance, marchant sur deux rangs, pût venir donner l'eau bénite.

Au pied du cénotaphe étaient placés les membres de la famille. Nous y avons remarqué M. le marquis de Lévis, M. le duc de Lévis-Mirepoix, M. le comte de S. de Lévis-Mirepoix et ses deux fils, M. le prince de Beauffremont-Courtenay, M. le comte Raymond de Nicolaï, M. le comte Charles de Nicolaï, le prince Marc de Beauveau et le marquis de La Ferté-Meun. Puis venait l'assistance, où les plus beaux noms de nos annales se trouvaient mêlés et confondus avec des représentants des lettres, des arts, de la science, de l'industrie, avec des artisans, des ouvriers et des pauvres.

Il nous serait impossible, quelque désir que nous en ayons, afin de conserver à ce pieux hommage son caractère si unanime, de reproduire les noms mêmes d'une partie des hommes de toute condition qui se pressaient dans l'enceinte trop étroite de l'église.

A deux heures, la cérémonie se terminait et la foule s'écoulait lentement, en portant sa pensée vers les douleurs de l'exil, dont cette mort cruelle ravive encore les amertumes !

MAC-SHEEHY.

C'est une consolation de dire ici que la presse de Paris a, dans cette douloureuse circonstance, donné un grand exemple, je ne dis pas de convenance, mais de justice. Grâces lui soient rendues d'avoir montré que, devant le dévouement et la fidélité s'effacent les opinions, pour ne laisser de place qu'à l'admiration et au respect.

Alors sont venus des détails nouveaux sur cette mort si universellement déplorée, mais si pleine de consolation et d'espérance.

En voici quelques-uns :

Dès le début de la maladie, écrit-on de Venise à l'*Union*, M. de Lévis en avait en quelque sorte pressenti la gravité ; il éprouvait des douleurs à la tête, et c'est pour cela qu'il avait voulu se préparer à tout en recevant dans la pleine liberté de lui-même la sainte communion.

Du reste, les meilleurs médecins de Venise, et avec eux l'excellent docteur Carrière, avaient mesuré immédiatement la portée du mal et avaient égalé leurs soins et leur zèle à l'intensité qu'ils redoutaient. C'était un rhumatisme généralisé, avec invasion graduelle d'apoplexie cérébrale. Rien ne peut rendre les sollicitudes de Monsieur le Comte de Chambord, qui sans cesse venait s'assurer lui-même de l'état de son fidèle serviteur, et lui prodiguait les marques de son attachement. M. de Lévis, profondément pénétré de ces bontés, se montrait, contre la maladie, plein de patience, de calme et de résignation.

Le dimanche 7 février, il y eut un peu de mieux, M. de Lévis en profita pour demander de nouveau son confesseur et pour exprimer le désir de recevoir les derniers sacrements. Pendant tout le temps de cette triste et consolante cérémonie, il faisait avec recueillement toutes les prières, et fit, sans aide, le signe de la croix en recevant la dernière bénédiction.

Presque aussitôt, le mal redoubla, et le délire s'empara du malade. Ce délire avait quelque chose de touchant au milieu de la douleur qu'il inspirait : Monseigneur, sa correspondance, le dévouement de tous les jours revenaient sans cesse, mais constamment, dans son esprit troublé. A la fin de la journée, M. de Lévis perdit la force et l'usage de la parole.

Cette nuit fut bien douloureuse ; la lutte de cette constitution énergique contre la mort fut affreuse. A quatre heures et demie du matin, tout indiquant l'approche du dernier moment, Monsieur le comte de Chambord fut prévenu ; il avait voulu voir une dernière fois son vieux et fidèle serviteur, l'ami de toute sa vie, le confident de ses pensées les plus intimes. Il vint se mettre à genoux près du lit du mourant, et dire avec nous les prières suprêmes, qui ont duré jusqu'au dernier souffle de vie. A cinq heures moins un quart, Dieu reprenait à lui cette âme que nous avons toujours connue si belle et si pure. Je n'ai rien à vous dire de la douleur de Monsieur le comte de Chambord; vous la comprenez; aucune douleur ne fut jamais plus profonde, plus vraie, plus touchante et en même temps plus courageuse. »

Pour extrait : MAC-SHEEHY.

Enfin, la famille de M. le duc de Lévis avait à rendre, en son propre nom, les derniers devoirs à celui dont la mémoire est désormais pour elle une illustration de plus.

Les restes du défunt étaient partis de Venise le jeudi 19 février; M. le comte Charles de Nicolaï était allé les recevoir à la frontière de France; et M. le vicomte Raymond de Nicolaï qui, d'avance, s'était rendu de Venise à Paris, les avait, le 21, conduits à Picpus, où ils devaient recevoir les derniers honneurs.

La Cérémonie des obsèques a eu lieu le 28 février; et ici il faut laisser parler M. de Riancey, dont l'accent est si chrétien et la plume si digne de louer ce qui est touchant et beau :

Ce matin, samedi, dans l'église du monastère de Picpus, au faubourg Saint-Antoine, ont été célébrées les obsèques de M. le duc de Lévis.

Une vive émotion saisissait l'âme à l'entrée de ce sanctuaire, transformé en chapelle ardente, et où paraissait, sous un dais armorié, le cercueil pieusement rapporté de la terre d'exil.

Des parents profondément affligés, de nombreux amis, les représentants de la population de Noisiel, des serviteurs en larmes, donnaient à cette cérémonie un caractère de touchante tristesse. Ce n'était plus la majestueuse solennité funèbre de Sainte-Clotilde, ce grand hommage de prières et d'honneur rendu par tous les rangs, par toutes les opinions au modèle de la fidélité et de l'abnégation ; c'était une pompe plus intime, si l'on ose ainsi parler ; c'était une affluence très considérable, aussi pénétrée, aussi recueillie et touchée, en quelque sorte, plus au cœur. Au deuil public avait succédé le deuil de famille.

La messe a été chantée par le curé de Noisiel, cette belle résidence où le duc de Lévis se plaisait à passer les rapides instants d'intervalle entre les longs séjours que lui dictait son devoir, et où il a laissé tant de bienfaits, tant d'exemples et tant de regrets.

Près du catafalque étaient placés M. le vicomte R. de Nicolaï, M. le comte C. de Nicolaï, M. le prince Marc de Beauvau, M. le prince de Bauffremont-Courtenay, M. le marquis de Lévis.

Après l'absoute, l'eau bénite a été jetée sur les restes mortels par toute l'assistance, et le clergé a accompagné le cercueil à sa dernière demeure, dans la tombe de famille, qui s'est refermée déjà sur la duchesse de Lévis.

C'était une scène pleine d'attendrissement que la déposition de ce noble et ferme chrétien dans le cimetière où reposent les reliques de tant d'illustres victimes, sacrifiées pour leur foi et pour leur cause. Le duc de Lévis est mort au poste d'honneur que son dévouement lui avait fait choisir ; c'est un enviable sort, et quand à une pareille destinée viennent se joindre les espérances immortelles de la foi, les âmes chrétiennes répètent avec une consolation sans égale le saint adieu de l'Eglise : *Beati mortui !*

HENRY DE RIANCEY.

Après cela, que nous reste-t-il ? Nous aurions sans doute à citer ici de beaux témoignages venus de tous les points autour de cette tombe. Mais que la Religion seule y parle désormais, et que seule la piété y dépose ses pleurs et ses prières ! Et aussi que de là partent des vœux pour l'exil, sanctifiés par la douleur et bénis par la foi !

Memoria justi cum laudibus, *et nomen impiorum putrescet*. Prov., cap. x.

Dernière parole et dernière espérance pour ceux qui traversent la vie dans le deuil, et aspirent à une gloire meilleure que celle des impies !

LAURENTIE.

PARIS. — IMPRIMERIE DE DUBUISSON ET Ce. 5, RUE COQ-HÉRON.

www.ingramcontent.com/pod-product-compliance
Ingram Content Group UK Ltd.
Pitfield, Milton Keynes, MK11 3LW, UK
UKHW020222200726
13856UKWH00004B/1551

9 782011 792686